AWON BABA

Teresa Cárdenas

AWON BABA

TRADUÇÃO
JOSANE SILVA

Rio de Janeiro, 2022 PALLAS

Editoras
Cristina Fernandes Warth
Mariana Warth

Coordenação de produção e capa
Daniel Viana

Assistente editorial
Daniella Riet

Tradução
Josane Silva

Revisão de tradução
BR75 | Aline Canejo

Revisão
BR75 | André Sequeira

Este livro segue as novas regras do Acordo Ortográfico da Língua Portuguesa.

CIP-BRASIL. CATALOGAÇÃO-NA-FONTE
SINDICATO NACIONAL DOS EDITORES DE LIVROS, RJ

C256a

Cárdenas, Teresa, 1970-
Awon baba / Teresa Cárdenas; tradução Josane Silva. – 1. ed. – Rio de Janeiro: Pallas, 2022.
96 p.; 18 cm.

Tradução de: Awon baba
ISBN 978-65-5602-091-4

1. Contos cubanos – Escravidão. I. Silva, Josane. II. Título.

22-80627 CDD: 868.99213
CDU: 82-4(729.1)

Gabriela Faray Ferreira Lopes – Bibliotecária – CRB-7/6643

Pallas Editora e Distribuidora Ltda.
Rua Frederico de Albuquerque, 56 – Higienópolis
CEP 21050-840 – Rio de Janeiro – RJ
Tel.: 21 2270-0186
www.pallaseditora.com.br
pallas@pallaseditora.com.br

PALLAS

Ao meu amigo fiel.

Para meus filhos,
pela memória indelével
de nossos ancestrais...

"[...] falta realidade à memória, falta
memória à realidade? O que fazer
com a memória, com a realidade na
metade dessa derrota ou alma?
Alma para quem o sangue de
todo um povo se verteu..."

Juan Gelman

Sumário

O nome

A todos que perderam seu nome.
Para Furé, por recuperar as histórias de muitos

Assim que chegou do Mercado de escravos, com uma argola de ferro no pescoço, arrastando os grilhões, enfraquecido e nu, os brancos do Engenho marcaram suas costas com um ferro quente e lhe deram o nome de José. Mas seu nome verdadeiro era Jata, e ele foi pego perto do rio Zaire. Lá, era *nganga mune*: curandeiro, médico de sua comunidade. Curava com rezas e barro, com plantas úmidas e fogo. Matava espíritos enfermos com feitiços e canções antigas. Era reverenciado e temido, e sua linhagem de curandeiros remontava à época em que o

Manicongo Lukeni Lua Nimi fundou o antigo reino do Congo. Então era Jata, não José.

Chamavam-na de Maria Eleutéria das Mercês. Ela lavava as roupas da Casa-grande, os caldeirões e as vasilhas; cuidava do jardim e dos filhinhos dos senhores; e, muitas noites, o branco a levava à força para o catre, cobrindo-lhe a boca com um pano, mas seu verdadeiro nome era Kanté e, em seu povo, era *Arugba*, a virgem donzela que carregava em suas mãos os pedidos e as preces de todos, caminhando lentamente pela floresta perfumada de Osun até depositá-los cuidadosamente no rio Oxum,[1] onde vivia a deusa da fertilidade e do desejo. Sua pele escura a distinguia de todas as virgens. Dizia-se que ela era a mais bela das meninas em muitas tribos e aldeias. Era Kanté, mesmo que a chamassem de Maria Eleutéria.

1 Rio do sudoeste que flui até o sul da Nigéria, através do território iorubá, entre a lagoa de Lagos e o golfo da Guiné, no Atlântico. Na mitologia iorubá, é considerado que, antes de ser rio, foi uma mulher.

O nome africano de Natividade de Jesus significava Coroa da Deusa: *Adeyeye*. Seu nascimento foi anunciado pelos mais velhos anos antes de ser concebida. Se não a tivessem sequestrado ainda quando menina, arrastada pelo pé, enrolada em uma rede, hoje seria *Ifagburé Adeyeye Nla Iyá*, a rainha poderosa que seu povo esperava havia anos, a que Deus daria, na sua língua, poder somente para abençoar.

Os brancos não sabiam das vidas dos negros antes de comprá-los. Somente vistoriavam seus dentes e braços, suas costas e pernas, se estavam fortes e saudáveis. Eles não se interessavam pelas histórias de seus nomes ancestrais, o que significavam ou quem lhes havia outorgado. Ignoravam que eram nomes pronunciados por divindades das florestas e das encruzilhadas, que eram legados sonoros soprados por parentes mortos aos que recentemente começavam a respirar e andar. Nomes de proteção, secretos, que ninguém devia saber. E nomes comuns, que indicavam sobrenomes familiares e de profissões reconhecidas. Nomes entregues no meio da noite ou da chuva, como uma cesta sagrada, feita com sons e sílabas dos séculos.

Os brancos não se importavam. Para eles, eram só negros selvagens, ladrões, sujos, bêbados, mentirosos e revoltados, que falavam e se pareciam com animais rosnando. Não imaginavam a idade que tinham, nem de que família foram arrancados. Não entendiam suas palavras nem seus deuses, nem por que gritavam quando vendiam seus filhos. Olhavam as marcas tribais e os olhos escuros e sentiam que eram como animais à espreita, selvagens, que no meio da noite os esfolariam vivos com o mesmo facão afiado que usavam para cortar cana.

Os brancos temiam. E esse medo não ia embora de jeito nenhum. Nem mesmo com o ferro quente que usavam para marcar o peito ou as costas dos negros, nem com o novo deus que lhes haviam imposto, nem sequer com a morte atroz que lhes davam quando eles não queriam se submeter.

Por isso, tentavam "civilizá-los". Com uma cruz e um chicote, eles eram obrigados a aprender o idioma dos brancos, que sempre tinham guardados outros nomes para mudar aqueles impronunciáveis, primitivos. Os mais frequentes eram de santos, mártires e virgens cristãos. Estevão, Tomás, João, José, Maria, Bárbara... Ao seu gosto e ao seu capricho, assim nomeavam os escravos. Se era uma jovem negra: Maria ou talvez Francisca. Babatunde passou a ser chamado de André, e Oluwole, seu filho, a sinhá mandou batizá-lo de João da Cruz. Nicolasa Epifania era crioula, mas sua mãe era conga; às escondidas, lhe chamava de Matamba. O mandinga Leocádio Trindade era um dos muitos que sequer recordava o próprio nome. Assim como José de Jesus Nazareno, Felipa, Gertrudes, Maria Eloísa, Baltazar, Hilário, Caetano... Os nomes foram postos para que se esquecessem de tudo. Para apagar com novas letras todo o seu passado. De onde vinham, como falavam, quem eram.

Entretanto, em algumas ocasiões, os escravos se lembravam... sim!

Era como ter visões. Viam correntes de rios e lagos, florestas iluminadas por vaga-lumes e a luz de muitas estrelas, extensas planícies, mas, confundidos, se esqueciam das demais coisas...

Como construíam aquelas casas, redondas, com telhados de palha seca e paredes de barro e taipa...? De que maneira projetavam os caminhos para se salvar de elefantes e tigres...? Qual casca ou fruto de árvore servia para curar; qual para envenenar? Como eram espalhadas as sementes brancas e mágicas dos baobás? E o leão seguia rangendo os dentes nas noites...? E as hienas continuavam gargalhando...? Os gorilas de costas prateadas seguiam batendo no peito e aterrorizando na floresta?

Já não se lembravam...

E aquelas flores, pequenas e vermelhas, que encontravam na beirada do caminho? Como se chamavam? E as árvores, altas, espigadas, de onde extraíam óleos e vinhos...? A sopa de melão, o *egusi*, como era feita? E o *funche* e o *atasíoyá* que eram oferendas na celebração de um parto de *jimaguas*, e o *akuaro*, o *guenguer-é*, o *calalú*, o *embuzimukaro*...? Tantos cheiros e sabores perdidos... O colo das *iyalás*, as bengalas e a sabedoria dos babalaôs. Um longo caminho guardado pelas copas frondosas dos baobás. As jovens segurando uma cabaça vazia na cabeça, mas... onde estava aquele caminho que levava ao rio que tanto lembravam...? Onde estavam as fogueiras em que os jovens se sentavam em volta para fazer brincadeiras e dançar...? Onde estavam as vozes cerimoniosas dos *griots* cantando epopeias e batalhas lendárias?

Eles não tinham permissão para lembrar e alguns já não queriam fazê-lo. Lá estavam os canaviais sufocantes e cheios de escorpiões e serpentes, os feitores estalando os chicotes nas suas costas para que trabalhassem mais rápido, os grilhões nos tornozelos, as armadilhas como castigo; se tentavam fugir, tinham as orelhas e os narizes cortados, a tortura e o sangue... a morte ao final e no começo de tudo...

Aos poucos, passaram a chamar *omi* de água, *iyá* de mãe e Olodumaré de Deus. No oitavo dia, não levantavam mais seus filhos ao céu para que recebessem um nome. Não tinham permissão para dar nome aos seus, nem escutar as vozes das divindades ou dos antepassados. Nada podiam. E igualmente sentiam que, naquela nova terra, o sol não era o mesmo, muito menos o vento. Não fazia sentido acreditar na lua que clamava *Obadimeyi*, rei coroado duas vezes, se logo vinha o branco, com seus olhos azuis, e dava nome de Agostinho ao recém-nascido. Para que os pássaros da noite alçariam o voo, em um cantar uníssono, através das nuvens, gritando Leiza, a menina consagrada a Deus, que acabava de nascer, se depois a branca, surda e cega a tudo, lhe daria o nome de Carlota das Mercês ou de "crioulinha"...? *Keita, Wangari, Muta, Yoni, Bandoré, Okafor, Enam, Kainene, Ayó, Kene...?*

Não.

Os meninos nasciam, e muitos eram vendidos para que o branco pudesse pagar alguma dívida ou comprar uma máquina nova para o Engenho. Muitos eram vendidos antes mesmo de nascer.

Às vezes, nem dava tempo de dar a eles um nome.

Para que se apegar a algo...? Agora, pertenciam aos senhores de Engenho — já não estavam no Reino de Daomé, Nigéria, nem na Guiné ou no Togo. Para trás, ficou Camarões, Gana, Senegal, Congo. Nem os *lucumís*, nem os do Calabar, nem os *ararás*, nem os *gangás*, nem os *bohos, popós, minas, zapes, brícamos, mandingas, musundis, suamos, bibís, motembos*... Absolutamente ninguém dos que haviam sido arrancados daquelas terras encontrava consolo em seus muitos e diferentes dialetos, línguas, palavras.

À força, tiveram que aceitar os nomes brancos, aquelas palavras raras que não conheciam e que despedaçavam o muito ou pouco do que se recordavam...

Deixariam para trás seus belos, potentes e ancestrais nomes: *Dakari, Nala, Dakodonu, Alia, Kimya, Ayó, Menelik, Ashanti, Omolayomie, Folasade, Ohenenana...*

Deveriam sobreviver.

No entanto, era tudo uma bagunça, um enredo dos infernos. Palavras demais para esquecer, emaranhadas com vocábulos desconhecidos de outros escravos, junto aos sons estranhos e ameaçadores dos brancos.

Os congos perguntavam aos seus companheiros de prisão: *Kindiambo kotele mambo*? "Que língua você fala?" Ou: *Dundo salakó*? "Quem é o seu pai?" E não recebiam respostas.

Mano wuanyala? "Quem manda aqui?" Isso eles sabiam. O dono de tudo era o *mundele*. O branco. Em vão, murmuraram *Kontoriakuako, kunankuako*! "A puta da sua mãe!" E rogavam pragas para que o *kunanfinda kimbara mundeles*! "A morte levasse os brancos."

Por outro lado, os iorubás clamaram, inutilmente, a Ogum, o deus do ferro afiado e da guerra; a Xangó, o dos trovões e dos relâmpagos; a Oyá, a deusa feroz dos furacões e tempestades. Nem os *egunguns*, os espíritos mascarados dos ancestrais, voltaram para defendê-los. Os *irawós*, as estrelas, se afastavam dia após dia. E a montanha parecia não entender quando murmuravam preces a Ewe, nem o sol quando o chamavam de Olorun... Clamavam: *Laroye asu comaché ichá fofá guara omi tuto anatuto tutu babami cosi ikú cosi aro cosi ofó, arayé, cosi achelú cosi eún afonfó molei delo omodei*. Mas *Ikú*, a morte; *Aro*, a doença; e *Arayé*, a tragédia, voltavam repetidas vezes e sempre chegavam das mãos dos brancos.

Eles não tinham paz, prosperidade ou saúde. Eles não tinham descanso ou esperança.

No entanto, alguns mantiveram seus nomes reais e suas próprias palavras para nomear as coisas: aqueles que fugiam para as serras, aqueles que se arriscaram a fugir para os morros, se esconder em cavernas, se juntar aos quilombos, onde mulheres e homens viviam em liberdade... aqueles, os quilombolas.

Até os brancos, para capturá-los, os chamavam por seus nomes africanos, que diziam ser difíceis de pronunciar e aprender. Eles enviavam os feitores para Engenhos e povoados próximos. Tocavam o sino da igreja para alertar outros donos de escravos da região e organizavam grupos de fazendeiros e cães treinados para farejar fugitivos.

"Um negro de 30 anos fugiu do Engenho Doçura, um *gangá*. Ele se chama Kokoricolé, malcriado e rebelde...", proclamou um grupo.

"Procura-se uma negra de uns 40 anos, com marcas tribais no rosto. Ela responde pelo nome de Akinlabi...", dizia outro.

Às vezes, o único garotinho, que dormia na Senzala, imaginava o que diriam os feitores que anunciariam sua própria fuga: "Um negrinho, de cerca de 12 anos, escapou de seus senhores. Ele se chama Súyere..."

Ao contrário de Leocádio Trindade, Natividade, Felipa, José de Jesus e outros, esse menino espichado de olhos intensos sabia outra coisa. Algo que foi sussurrado apenas para ele.

Como ainda era pequeno, não sabia o que tinham experimentado seus companheiros de Senzala. No entanto, toda aquela memória havia encontrado o caminho para chegar até ele.

Nunca o deixariam voltar para a África: isso era verdade. Jamais seria um salvador, ou curandeiro, nem levaria as preces de sua tribo aos pés de qualquer deus, mas pelo menos sabia de onde vinha e quem ele era. Antes de sua mãe ser vendida, ela lhe contou. E aquelas palavras entraram em sua cabeça esvoaçando como vaga-lumes e ficaram lá, brilhando, guardadas como um tesouro.

Ela se chamava Mandilacota e foi capturada na Nigéria, muito perto do rio *Benue*. Akinpelu era o nome de seu pai, o caçula de muitos irmãos de uma família de guerreiros. A mãe dela tinha olhos suaves e escuros. Seu cabelo era trançado, e em sua terra usava colares de conchas no pescoço e pulseiras coloridas, como todas as mulheres jovens. Ela havia contado sobre as esculturas em madeira, os jarros de barro, os milharais e como os homens iam caçar juntos.

Contou sobre os músicos e os mineiros que extraíam ouro, cobre, estanho. Dos fundidores e ferreiros que trabalhavam no fogo dia e noite fazendo ferramentas e armas. Dos ourives que faziam joias preciosas para as famílias reais. Dos artesãos de esteiras e de adire,[2] belos tecidos de mil cores, feitos com fios de algodão, seda e córtice. Sim, seu povo era muito mais antigo e mais forte do que os povos dos brancos. Súyere sabia disso. Se não tivessem ido embora naqueles barcos, se não tivessem pegado sua mãe, o menino teria nascido ali e toda a sua família teria comemorado com dias de festa e rituais o seu nascimento.

2 Nome dado aos tecidos tingidos a índigo, que resistem bem à lavagem, e são confeccionados por mulheres do povo iorubá do sudoeste da Nigéria.

Sabia de todas essas coisas e, também, que seu único refúgio era aquela palavra que havia sido enviada para seu espírito e que dava significado a tudo o que ele não tinha, o que lhe fora arrebatado. Os brancos podiam chamá-lo como quisessem, podiam vendê-lo ou matá-lo se quisessem, mas aquelas sílabas de poder, aquele som antigo de proteção e amor, o manteriam vivo: não importava de qual forma.

Esse nome, só dele, era sussurrado calorosamente em seu ouvido pelos lábios grossos da mãe. Aquela palavra consagrada a ele, entregue ao seu *orí* como presente do Universo, o acompanharia como um canto ou um suspiro para sempre...

Súyereeee...

Awon Baba

O tataravô do dono do Engenho saiu fugido de Salamanca e era um bandido, um gigolô, um assassino.

Para ganhar fortuna, ele se enfiou no navio Esperança. E, com a licença de Sua Majestade Católica da Espanha, dedicou-se ao tráfico de africanos para as colônias hispânicas da América.

Durante seus longos anos como negreiro, entregou dezoito mil almas à escravidão.

Quando envelheceu, estabeleceu-se em Cuba. Possuía três Engenhos e conseguiu ter mais de quatro mil escravos.

Morreu tranquilo, deixando uma considerável fortuna para os dois filhos que teve com Dona Rosa, sua esposa.

Os filhos que ele teve com as negras Maria do Rosário, Manuela Lucumí, Nicolasa e Caridade da Cruz nunca reconheceu como seus nem lhes deu a liberdade.

No momento da morte do velho patriarca, sua viúva vendeu dois dos "bastardos" para um proprietário de terras vizinhas. Outro foi esquartejado por tentar fugir para o mato; e a caçula, entregue a um dos muitos bordéis do porto.

Os tataravôs dos negros, os *awon baba*, os ancestrais, foram caçados em Camarões, Angola, Congo, Nigéria, Guiné, Benin... Descendiam de reis e príncipes de antigos, cultos e poderosos reinos.

Na época em que foram presos e arrancados de suas aldeias para se tornarem escravos, muitos eram artistas, professores, caçadores, fazendeiros, ferreiros, curandeiros, alfaiates, ourives, carpinteiros...

Eles foram levados para o Novo Mundo, nus, acorrentados, como animais. Suportaram ser espancados, martirizados, estuprados, vendidos, separados, assassinados...

Eles não tinham bens ou dinheiro para deixar a seus descendentes, mas, de qualquer forma, legaram o que era imprescindível para que sobrevivessem ao horror: contos e cantos, músicas e danças, seus deuses e comidas, a fortaleza de seu espírito e a memória de quem eram...

Mambo

Galo canta o mambo roucamente...

Branco é ruim
Gueilé
Branco é ruim
Gueilé...
Atira gente no poço.
Mata gente com espingarda.
Branco é ruim
Gueilé...
Queima gente.
Tira comida
Pendura de cabeça pra baixo.
Branco é ruim
Gueilé...
Corta orelha
Mata gente.
Corta cabeça.
Branco é ruim.
Gueilé...

A floresta escura, habitada por *siguapas*[3] e *guabairos*,[4] por serpentes e camaleões que descem até os vales, devido aos milhares de bichos que se movem no ar frio da noite, não se ouve o coro, nem os tambores ou chocalhos que os homens da Senzala tocavam ao cantar. Apenas um murmúrio centenário chega até eles: o mambo que cantavam quando os brancos não podiam ouvi-los. Um canto compartilhado por todo mundo, independentemente da nação de onde vinham. Eles se agachavam no chão, um ao lado do outro, roçando joelhos e braços. José Mandala, Francisco Malongo, Jiquí Brícamo, Caetano, Evaristo Congo, Laureano Lucumí, Hilário, Miguel Obafemi. Todos em volta de um candeeiro lânguido, e Galo, conduzindo o mambo, com os olhos abertos, como se estivesse assustado, e suas listras tribais na cara...

3 Também conhecida como *ciguapa* ou *ciguaya*, é uma criatura mítica parecida com uma mulher indígena, que caminha com os pés para trás, emitindo sons que se assemelham aos cantos dos pássaros.

4 Pássaro de origem cubana.

Galo e sua voz como um sussurro em cima dos catres e da escuridão:

— *Branco é ruim, vai te mataaar... Gueileeé...!!!*

Cobas, Firmina, Carlota

A Tomasito, líder do quilombo

Sim, eles cortavam orelhas, narizes... E depois jogavam para os cachorros. Como lição, por fugir para a floresta. A Francisco Lucumí, por se recusar a trabalhar; e a Candelária Mina, por cuspir no feitor. Acontecia sempre. Com suas garras no ar, os cães travavam lutas terríveis para pegar o pedaço de carne.

Mas esse era um castigo menor.

Aqueles que eram apanhados nas serras e morriam pelas mãos dos brancos tinham suas cabeças cortadas, e depois estas eram pregadas em estacas e deixadas a céu aberto, em um lugar onde todos pudessem vê-las.

Muitos se lembravam de Cobas, o que escapou, e alguns meses depois já era o líder do quilombo *Quibiján*. O governador mandou primeiro o padre, prometendo que o libertaria se entregasse os outros quilombolas e servisse de guia para os quilombos escondidos nas profundezas da floresta, onde os fazendeiros nunca conseguiram chegar. Mas Cobas, fiel aos seus, recusou. Foi perseguido por longas semanas, até que o encurralaram em um penhasco, de onde se jogou no rio antes de ser agarrado.

Cortaram a cabeça do defunto e a colocaram em uma jaula de ferro, que foi pendurada na cidade, em local público, para servir de lição aos demais escravos.

Sim... Muitos morreram. De maneira horrível. Esquartejados, espancados, ensanguentados, furados, chicoteados, mortos por dentes de cachorro, queimados, enforcados, baleados, enterrados vivos...

Firmina Lucumí foi fuzilada por se rebelar. Carlota foi esquartejada por liderar uma revolta e ser a líder do quilombo. O menino Juliano foi açoitado por roubar comida na Casa-grande. Evangelina foi posta nua na frente de todo mundo por não querer dormir com o homem branco.

Sim... Acontecia sempre. Mas, apesar disso, também houve conspirações frequentes, fugas para a liberdade nas serras, fundação de quilombos...

Nas montanhas, no meio da floresta, construíam mocambos, plantavam hortaliças, frutas e fumo, preparavam armadilhas para fazendeiros, faziam falsos caminhos que terminavam em barrancos.

Eram muitos quilombos. Construídos como aldeias escondidas em qualquer área remota e inacessível. Alguns deles nunca foram encontrados.

Todos temos. Não se sabe. *El Frijol. Kalunga. Palenque Viejo. Yagruma. Guardamujeres.*

Chinibunque. Quema Sal. Limones. Maluala. Santa Cruz. Calunguita. Yateras Arriba. Toa.[5]

E os chefes, líderes quilombolas, negros valentes como nenhum outro: Sebastião Colas, Manuel Zangado, Eusébio Gangá, Ventura Sanches "Cobas", Bota...

Centenas amarrados. Todos juntos: mulheres, homens, crianças. Defendendo suas vidas, sua liberdade.

5 Esses nomes foram mantidos como na versão original, porque correspondem a quilombos cubanos reais.

Canto de Curundingo

Sshhhhh...! Vem aí Curundingoooo...!!!! Sshhhhh... Cala a boca, agacha, baixa a cabeça, rápido...! Para que ele não lhe crave os olhos sombrios e você morra aí mesmo...!

Não olhe para ele: seus dentes são amarelos, e ele fede a mijo e sangue.

Não lhe dê ouvidos: ele saiu do inferno, e centenas de demônios vêm rastejando e gritando atrás dele.

Não fale com ele: porque ele vai rasgar sua pele com unhas pretas e afiadas enquanto você dorme...

Sshhhh, vamos lá...!!! De seus braços curvos saem pelos e garras que cavam a terra. Passa pelo *batey*[6] como um vapor, entre assobios e grilhões que estremecem a noite.

Os que estão na Senzala escutam e cobrem a cabeça com um pedaço de pano em meio a calafrios. Eles colocam seus deuses e patuás atrás da porta para defendê-los. Se amontoam perto um do outro para se sentirem a salvos.

Sshh... Todo mundo o teme. Até os cães que sempre o seguem, fiéis e tão imundos quanto ele.

— Curundingo... Curundingoooooo... — sussurra na penumbra.

— Curundingoooo... — murmuram galhos suicidas das *guásimas*[7] na espessura fantasmagórica.

— Curundingoo... — rugem os trovões quebrando a escura abóbada celeste.

6 Em Cuba, são os lugares onde ficam as casas, as oficinas e o comércio açucareiro central.

7 Árvore cubana onde os escravos cometiam suicídio.

Curundingo Capataz, filho de escrava e estuprador. Procriado como os cães que caçavam fugitivos. Comendo no chão, dormindo no matagal. Ninguém amou ou cuidou dele e, de repente, a criança suja e abandonada tornou-se Curundingo, o monstro, o Capataz.

Agora, era um construtor de arapucas, um torturador de negros, um carrasco de fugitivos. Agora, não era dono de nada e vigiava tudo.

Curundingo... Curundingooo...!!!

O que significava esse nome? Ninguém sabia.

Não tinha vindo da África, nem era usado pelos brancos do Engenho. Era apenas uma maneira prática de os negros se manterem a salvo do perigo.

— Curundingo! — murmuravam quando alguém via o capataz e seus contra capatazes partirem em direção à Senzala. — Curundingo! — quando montava em seu cavalo e conduzia seu bando em direção ao canavial. — Curundingo! — quando, à noite, agarrava uma das escravas e se trancava em seu cubículo com ela.

Ninguém se lembrava se alguma vez teve um nome.

No entanto, os mais velhos contavam que uma vez, cem anos antes, se apaixonou. Por Lucinda, a escrava de olhos cor de mel. A que foi comprada no Engenho vizinho, a que sabia ler e cantar. Dizem que, assim que ele olhou para ela, algo dentro dele se desfez. E Curundingo, o mais amargo e cruel, se despojou de sua maldade e se tornou homem como os outros.

Naquele tempo, não se ouviu o chicote; as arapucas foram destruídas; os batuques eram permitidos; e os negros faziam festas e cantavam melodias antigas ao redor da fogueira.

Pela primeira vez, viram a cor real de suas mãos sem as manchas de sangue. A escuridão desapareceu de seus olhos. Foram capazes de falar, e ele ouviu sem ficar com raiva. E respondeu aos outros, e o som de sua voz deixou de ser um rosnado.

Os homens e as mulheres da Senzala não tinham medo de tê-lo por perto. Repartiam café adoçado com mel, a cuia com bacalhau, migalhas de pão de milho, cachaça... E, quando alguns fugiram no meio da noite para a serra, ele trancou os cães para que não os perseguissem.

Deixou de ser um monstro; já não era mais Curundingo. Lucinda o aceitou e, ninguém sabe como, o branco dono de tudo, deu a ela a liberdade de ir com ele.

Os dois viveram juntos, em uma cabana atrás do Engenho. Com comida plantada, uma infinidade de galinhas, um cavalo, dois porcos e uma pequena horta.

Mas, mesmo quando os outros esqueceram os gritos e a morte, o infortúnio lembrou-se do sangue derramado e não lhe deu trégua. Portanto, sua paz durou pouco. Lucinda morreu com um filho na barriga, e o inferno voltou para a vida dele e de todos.

O homem voltou a ser uma monstruosidade com uma aura de maldições e suor. Um demônio faminto rugindo sob as *ceibas*.[8] Ele era Curundingo de novo, o monstro.

Os que nasceram depois não acreditaram na história de como o capitão do mato se apaixonara por uma escrava. Para eles, era um conto de velhos caducos. Curundingo era um malvado sem coração, uma monstruosidade que se alimentava do sangue dos escravos. Nada mais.

Shhhh... Aí vem ele... Servente da morte, ajudante do silêncio e da tortura.

Os da Senzala sussurravam, tremendo diante da enorme escuridão que arrastava os grilhões pelo *batey*... Não olha para ele, não fala com ele... Abaixa a cabeça... Rápido...!

Aí vem Curundingooo... Sssshhhh...!!!

8 Árvore cubana sagrada que se parece com um baobá.

Iaiá ou o rio

As canções de Iaiá eram como o murmúrio distante do rio que margeava os limites do Engenho. Como água cristalina, doce, mansa, que vinha de algum lugar escondido da floresta, murmurante, passava sob as sombras das árvores e as asas voláteis das pequeninas libélulas e das borboletas.

E assim era também Iaiá. Toda paz e ternura.

Cantava, enquanto carregava os recém-nascidos do Abrigo do Engenho e os embalava, suave e amorosamente, como se carregasse um presente único.

Era uma das escravas mais antigas. Encurvada, de pele murcha. Seu cabelo não tinha mais cor; e seu rosto, redondo e calmo, era negríssimo, emoldurado por fartas e grisalhas sobrancelhas. Com os dentes desgastados, ela sempre sorria, mas observando bem de perto seus olhos, eles pareciam nublados, meio azuis, como um aguaceiro no mar ou um pranto.

Iaiá era linda e velha como o mundo. Quase todos na Senzala passaram por seus braços fartos e calorosos. Quase todos ouviram seus cantos murmurantes, sem palavras. Suas melodias de quietude e sonhos. Quase todos viam nela a mãe, a avó, a irmã que perderam.

Ela era a família perdida, morta ou vendida no Mercado de escravos. Era um pedaço de todos.

Terna, serena como nenhuma outra mulher. As crianças saíam de dentro das pernas sangrentas de suas mães gritando de frio e medo pelas vidas que as esperavam, mas Iaiá as recebia com um sorriso, um banho morno de *parra cimarrona*[9] e com a voz de rio. De alguma forma, isso os tranquilizava. E, com sussurros e beijos, ela os fazia entender que sobreviveriam apesar de tudo.

Alguns não tinham nascido no Engenho e, portanto, não sabiam o que era estar aconchegados naqueles braços. Mas, em certas noites, quando os pesadelos os impediam de dormir, o vento da noite levava o cantarolar de Iaiá para seus berços, e, só por isso, eles podiam encontrar serenidade em seus sonhos.

Sem dúvida, Iaiá era mesmo o rio. Ou o rio era Iaiá. E ela continuou sendo até que, em uma noite, em seus braços, uma criança morreu.

Havia nascido tarde demais, com o cordão umbilical enrolado no pescoço.

Os berros de Iaiá espantaram os pássaros da noite. Agora, depois de tantos anos de amizade com a Vida, a Morte voltava a se aninhar

9 Árvore frutífera cubana.

em suas mãos de amor. Iaiá já nem se lembrava mais dela. Já tinha enterrado nos anos a sombria visão ossuda, de careta branca e um manto muito comprido de folhas secas. Ela também havia apagado, à força, a imagem de suas próprias mãos afogando a criatura que acabara de dar à luz. Era uma menina, e Iaiá não queria que seu sofrimento e seu confinamento fossem para ela. Pensou que, ao entregá-la à Morte, a libertaria.

No entanto, o horror a desolou profundamente. Anos se passaram sem falar, mantendo o segredo homicida. Todos pensavam que a menina tinha nascido morta; daí a enorme tristeza da mãe órfã, sem filho.

No entanto, Iaiá sabia e mal podia viver. Por isso, recolheu os galhos silvestres de *curamagüey* branco, o mais venenoso, e, prendendo-o a um ramo de *güao*, mastigou-os por muito tempo, esperando morrer ao engolir a seiva mortífera. Nada aconteceu. A morte se esquivou ou, talvez, a vida foi quem a resgatou. Com a mastigação tóxica, seus dentes se desgastaram; e, de sua garganta, de vez em quando, subia como um ronco surdo que o tempo suavizou até se tornar o murmúrio de uma música.

Décadas depois, assistiu ao parto de uma mulher escrava e, quase trêmula, voltou a ter nos braços uma criança quentinha, recém-nascida. Iaiá se reconciliou instantaneamente com a pulsação da vida, abraçou a criatura como se fosse sua filhinha que havia voltado dos mortos e, a partir daquela noite, ficou encarregada de aconchegar todos os recém-nascidos do Engenho. Assim que saíam do ventre de sua mãe, ela os beijava na testa e os embrulhava ternamente para recebê-los. Muitos passaram por seus braços amorosos, e sua felicidade se multiplicava a cada nascimento.

Mas, agora, as sombras voltaram para feri-la e lembrá-la do que ela havia sepultado no mais escondido de sua memória. Ela olhou com angústia para o corpinho mole e sem vida. E ela não resistiu. Com um gemido gutural, fugiu para a floresta escura. Ali, em meio à sua dor, desapareceu no mesmo vento que espalhou seu canto pelo *batey* e pela Senzala. Na mesma terra escura de onde ela saiu. No mesmo rio que era sua voz.

Quando o último átomo de Iaiá deixou de existir na Terra, em uníssono, todas as crianças do abrigo do Engenho começaram a chorar.

Na Casa-grande, a sinhá acordou em sua cama enorme, de mogno, adornada com cortinas de seda e almofadas de plumas.

Uma terrível dor de cabeça a dominou. Precisava de silêncio, mas, embora mandasse parar a gritaria e ameaçasse com chicotadas os velhos escravos que cuidavam das crianças, não conseguia silenciá-las.

— É porque Iaiá não está aqui... Ela desapareceu... — diziam as mais velhas.

O senhor do Engenho, rapidamente, organizou uma busca com os capitães do mato e os cães para encontrar a velha, mesmo que fosse no último quilombo do mundo.

Os homens se meteram nas florestas selvagens, atravessaram rios tempestuosos, entraram em cavernas infestadas de morcegos e cobras. Em todos os lugares, eles gritavam: Iaiá, Iaiá...! E apenas o vento ou o assobio de alguma coruja respondia. Nada mais.

Eles voltaram para o Engenho quase um mês depois. Mortos de fadiga, magros, irreconhecíveis. Dois dos fazendeiros morreram em poucos dias de febres estranhas. Outro ficou cego, e mais um, com o juízo perdido, murmurava o nome da velha como uma reza enquanto se arrastava pelos arbustos como se procurasse alguma coisa. Os cães não voltaram, ficaram nas florestas, caçando pássaros e ratos, sem dono nem propósito.

No Abrigo do Engenho, as crianças seguiam chorando. E a sinhá não sabia mais que outro remédio tentar para as terríveis enxaquecas que a afligiam e a faziam ficar debilitada o dia todo. Com o tempo, ela morreu, gritando insultos contra Iaiá e contra Deus.

Os canaviais foram secando aos poucos. A terra ficou lamacenta e podre. Não havia vento, chuva ou sol. As nuvens desapareceram. Os homens e as mulheres da Senzala fugiram em bandos para os quilombos para serem livres. O dono do Engenho, falido e cheio de dívidas, não teve outra escolha senão deixar aquelas terras apenas com a roupa do corpo.

Construções vazias e os campos cheios de luzes e insetos voadores. Apareciam *guijes*[10] e *siguapas*, bolas de fogo e cavaleiros sem cabeça.

As mais velhas que cuidavam das crianças se refugiaram na Casa-grande. Ali, no meio da grande sala, sob os candelabros dourados e os quadros de reis, rainhas e papas, pintados a óleo, colocaram os catres e as cadeiras de balanço, os potes com *atole*[11] e as bonecas

10 Seres mitológicos dos campos de Cuba. De forma alongada, com unhas pequenas e de pele escura. Vivem em rios profundos ou em poças, onde quer que haja água.
11 Bebida quente, tradicionalmente feita com milho triturado, popular em vários países da América Central, que foi criada na época pré-colombiana.

de palha de milho. E assim viveram, por muito tempo, quatro velhas negras e altas como árvores centenárias, alimentando as criaturas com chá feito de rosas do jardim e comidas silvestres, que choramingavam tão lamentavelmente que pareciam almas perdidas.

Viviam em um mundo à parte. Ninguém se aproximava daquelas áreas. No vale, a lenda do Engenho se espalhava com as crianças chorando e as luzes fantasmagóricas que voavam sobre os telhados e canaviais.

Nem brancos, nem negros, nem o padre, com sua água-benta, queriam se aproximar. Eles temiam feitiços e encantos que flutuavam no vento e cobriam tudo como um cobertor denso.

A floresta cresceu abundantemente, ganhou todos os espaços. Explosões de ortigas, *guengueré*, cana-de-açúcar, pés de abóbora, manjerona, *tebenque*.[12] Sombras de enormes *ceibas*,

12 Planta cubana, com flores amarelas aromáticas, que cresce nas praias.

mudas, carolinas. Cores e aromas intensos em todos os lugares.

Os anos vieram e seguiram compridos. Tudo permaneceu inalterado, até o Tempo.

Mas numa tarde, séculos e séculos depois, uma jovem, quase uma menina, apareceu no rio. Sua pele, negríssima. Seu rosto, redondo e calmo. Ela cantava, e o rio fazia redemoinhos suaves. Ela brincava com as pedrinhas, e os peixes vinham ao encontro de suas mãos. Era como o dia, as flores, o vento...

Devagarinho, quase dançando, seus pés a levaram até o antigo Engenho, onde a casa mal aguentava em pé. A vegetação recuou para deixá-la passar.

Sussurrando, ela colocou as mãos nas enormes portas, que se abriram com um ruído. Olhou para dentro.

Lá estavam elas. As mais velhas e as crianças. Como sempre. Preparando o *atole* e fazendo bonecas. Elas, choramingando em seus catres. Como se o tempo as tivesse abandonado para sempre.

A jovem cantarolou baixinho e puxou as crianças para seus braços macios, que finalmente, depois de tantos anos, conseguiram reencontrar aquele murmúrio de amor e paz.

— É Iaiá... Ela voltou...! — gemeram as mais velhas.

E Iaiá, com novos olhos e um novo sorriso, com a pele fresca como a água dos rios, cantou e cantou, enquanto as crianças cresciam de repente e, como homens e mulheres, desciam para as cidades para se apaixonar e constituir família. As mais velhas dançaram e cantaram com ela até aprenderem todos os sons da quietude e da esperança. E depois seguiram as crianças pequenas, porque já não sabiam viver sem elas.

Só então Iaiá, a da voz sussurrante, tornou-se um rio cristalino e, com os braços estendidos, como se procurasse outras crianças para embalar e colocar para dormir, transbordou em águas e, com ondas suaves, inundou o antigo Engenho e todos os caminhos da floresta.

Ajogun Buburu

Para meus primos, Alexis e Nano

Os velhos *lucumís* o chamavam de *Ajogun Bururu*, o que luta contra os maus.

E, de fato, aquele homem lutava a cada momento, sem se cansar. Suas costas estavam cheias de cicatrizes, e suas pernas tinham queimaduras e arranhões. Faltava-lhe um olho e quase nunca falava, apenas ruminava frases inteligíveis.

Ele recebia os castigos por si e pelos outros também. Quando o feitor erguia o chicote, *Ajogun* o atacava e o derrubava com uma cabeçada. E, se o senhor do Engenho tentava vender o filho de uma escrava, resmungava e o ameaçava com os punhos cerrados toda vez que ele passava por perto.

Os feitores já não sabiam quantas vezes havia fugido para a floresta. Às vezes, pegavam-no e, outras vezes, ele voltava por conta própria.

Eles o castigavam repetidas vezes. Armadilhas, chicotadas, golpes; ordenavam que não lhe dessem comida ou água, que o deixassem amarrado sob o sol e o sereno... Mas *Ajogun Buburu* não se rendia.

Quando perguntavam a ele por que voltava depois de fugir, apontava para os seus: crianças e velhos escravos, mulheres, jovens...

— *Ajogun Buburu*...! — bradava, batendo no peito.

E os outros entenderam que, entre eles, havia um disposto a lutar contra os maus. Havia um disposto a não se render.

Mãe D'água

De noite, na Senzala, o velho Florêncio contava a extraordinária história de Gerônimo Congo: aquele que tinha ido lavar os cavalos no rio e desapareceu num súbito turbilhão de água ensanguentada diante de seus olhos.

Apavorados e em silêncio, todos ouviam.

Com a voz já rouca e a cara enrugada, mal iluminada por um candeeiro, o velho contou o que havia acontecido algum tempo antes.

Foi na tarde mais quente daquele agosto. Tarde igual não teve. Um sol tão forte que parecia derreter as pedras e vaporizar a floresta. Florêncio enxugava o suor com um pano quando viu o jovem Gerônimo vindo pelo caminho do *batey*, puxando por uma corda uma potranca vermelha da sinhá e um par de éguas.

— Avisa o *sinhô* que *vamo* no rio refrescar *as égua* — disse Gerônimo.

O branco sempre mandava dois escravos. Então o velho pôs o chapéu na cabeça e o seguiu pela trilha.

Caminhavam tranquilos, sem conversar. Mal puxavam as cordas amarradas nos pescoços das éguas. Elas já sabiam o caminho.

Quase chegando ao barranco, Gerônimo teve a ideia de desviar o percurso e ir em direção ao Poço do Cego, onde a água era mais abundante. O velho Florêncio não gostou da ideia. O Poço estava longe. O mormaço que descia da serra o havia exaurido; seus pés e costas doíam. Mas o outro, teimoso como uma mula, insistiu e ele teve que segui-lo.

Era meio da tarde quando finalmente encontraram o riacho. Na verdade, a água era abundante e límpida. Ao redor, as árvores eram imensas, com longos galhos verdes que se entrelaçavam sob o céu. O velho estava recostado no tronco de um flamboyant, pois precisava descansar um pouco. Estava exausto. A cada dia, seus ossos doíam mais, se sentia velho, velho demais.

O branco não os deixava montar nas éguas, então tinham que andar todo o caminho. Ida e volta. E rápido. Se demorassem mais do que o esperado, mandava os feitores atrás deles e, certamente, seriam açoitados quando voltassem para o Engenho.

Mas ainda estavam na hora. Gerônimo desenrolou o pedaço de pano que trazia na cintura e entrou na água com uma das éguas. O velho ajeitou as costas no tronco do flamboyant. As flores vermelhas da árvore caíam a seus pés. O murmúrio das folhas ao vento o fez se sentir relaxado, tranquilo. Ele fechou os olhos. Foi apenas um instante. De repente, os gritos de Gerônimo, o borbulhar furioso da água sangrenta e o relinchar aturdido dos animais o assustaram. Seu coração batia rápido.

Na beira do Poço, algo enorme, monstruoso, enroscou-se no corpo do jovem escravo, que gritava de dor. Era verde-escuro, viscoso, com escamas e uma cauda comprida e musculosa. Um crocodilo, uma jiboia...? O velho não sabia o que fazer. Tropeçando no mato, pegou um galho grosso. Com um grito, levantou os braços para bater nas costas daquilo que segurava Gerônimo.

Bateu de novo e de novo, mas o bicho não o soltou.

Assustado, Florêncio viu como uma boca gigantesca engolia o corpo.

— Era a Mãe D'água. Ela o comeu inteirinho.

O velho ofegava na escuridão da Senzala, e os que escutavam sentiam a pele arrepiada de medo.

Todos sabiam que a Mãe D'água era uma cobra da grossura de um baobá e tão comprida quanto um canavial. Ela gostava de assobiar e aparecer perto de rios ou vales solitários. E, onde havia uma, a água nunca secava. Por isso, o Poço do Cego tinha tanta água, tanta.

Poucas pessoas tinham visto alguma ao longo desses caminhos esquecidos por Deus. No entanto, onde quer que houvesse água, era possível encontrá-la. Entre os escravos, dizia-se que, na lagoa Itabo, perto do Engenho Josefa, saía uma que caminhava fora da água como um jacaré. E havia outra que espiava no poço de água da Igreja Trindade, de onde o padre pegava água para batizar os negros. Também no vale do Engenho La Paz, de Dom Ramom Delgado, saíram duas, enroscadas uma na outra como cordas gigantescas. Eram apenas rumores, mas escravos e senhores acreditavam que eram verdade.

Uns e outros juravam que aquele bicho tinha chifres retorcidos e rosto de mulher, com olhos de fogo que enfeitiçavam. Se um animal morto aparecia no campo, era por causa da Mãe D'água. Se os canaviais eram inundados pelas chuvas, era porque a Mãe D'água havia saído da sua toca.

Os padres jogavam baldes de água-benta pelos canaviais e pregavam altas cruzes de caimito para assustá-la, mas ela sempre voltava, bagunçando a água dos rios.

Pobre congo Gerônimo. A cobra de olhos ardentes o havia derrubado só para comê-lo.

Imaginavam o corpo opulento da cobra enroscando-se ao homem, apertando-o, despedaçando seus ossos como um triturador estrondoso, então, com um gesto feroz, abria a boca enorme e lentamente o ia engolindo.

O velho Florêncio era a única testemunha do brutal ataque.

Com lágrimas nos olhos, jurara ao feitor e ao senhor que a história da Mãe D'água era verdade.

— Eu vi com esses mesmos olhos...!!! — exclamou. — Vigi, Maria Santíssima...! Com o próprio rabo, agarrou o pé dele e sacudiu no tempo como se fosse um fiapo... Ai, *sinhô*... como gritava o coitado do Gerônimo...!

Os brancos, desconfiados, não sabiam se acreditavam nele ou não. Por via das dúvidas, enviaram um bando de feitores para vigiar aquele lado do rio. Mas, talvez impressionados com o que o velho disse, não procuraram muito. Naqueles campos, quando escurecia, sabia-se que apareciam fantasmas, bolas de fogo e *guijes*. Às vezes, enquanto os negros trabalhavam no canavial, os feitores ouviam assobios ou um pranto que vinha de longe. Isso havia acontecido em muitas ocasiões. A coisa sobre a Mãe D'água também podia ser verdade.

Então deixaram o velho em paz e abandonaram o assunto. Uma pena pela potranca da sinhá que, pelo susto, correu sem rumo e nunca mais apareceu.

A história, alimentada noite após noite por Florêncio, espalhou-se pelo vale e pelos Engenhos vizinhos. Havia poucos que não sabiam sobre Gerônimo e sua terrível morte nas mandíbulas da Mãe D'água.

Depois de ouvir os relatos assustadores, os homens da Senzala, arrepiados, cochichavam sobre a história até caírem no sono.

Mas só o velho *griot*, contador de histórias e tempos, conhecia a verdade.

Por isso, enrolado nos trapos do catre, sorria para as sombras e paredes de seu confinamento.

Escondida em sua cabeça a imagem de Gerônimo permanecia, galopando sobre a potranca vermelha, perdendo-se no meio da floresta em direção aos quilombos.

Branco Velho

Foi depois das chuvas de São João que Dom Felipe morreu. Branco Velho, como quase todos no vale o chamavam.

Nascera longe, em uma terra que chamavam de França, onde, ao que parecia, todos tinham olhos azuis ou verdes. Mas sua grande fortuna havia sido acumulada no Haiti, com as plantações de café. No entanto, ele não teve sorte. Quando os negócios iam bem, os escravos se rebelaram e montaram uma luta armada contra os brancos. Eles se declararam livres e os expulsaram do país.

Dom Felipe não tinha um centavo, perdeu tudo nos incêndios: fazendas, plantações, casas e até sua família. Ele escapou por pouco, no último navio que partiu para Havana.

Caminhou, como um mendigo, pelas ruas de paralelepípedos da cidade, até que, farto da labuta e das pessoas, subiu numa carroça carregada de escravos que se dirigia para uma distante fazenda.

Andou de um lado para o outro, sem encontrar acomodação nem calma. Conseguiu sobreviver comendo comidas cruas e morangos silvestres e, de vez em quando, um bom samaritano lhe oferecia uma refeição quente por caridade.

Branco Velho, sempre sozinho, perdido em seus pensamentos e em sua glória extinta. Tropeçando nas pedras e nos matos pelo caminho. Bebendo água da chuva, roubando mel dos favos, gritando na escuridão das montanhas.

Os bandidos conheciam seus passos. Os cães selvagens farejavam seu cheio de longe. Até os quilombolas, escondidos na floresta, sabiam de cor as pegadas deixadas por Branco Velho.

Mas ninguém o machucava. Sua loucura o amparava.

Então, dormia tranquilamente sob as estrelas e as nuvens. Quando chovia, cobria-se com as enormes folhas de bananeiras. E, se o calor fosse sufocante, ele se despia para se deitar no cobertor fresco de folhagens.

Foi assim que o encontraram. Muitos dias depois do São João. Nu, de braços abertos e olhos fixos no céu azulzinho, o espelho exato de seus olhos.

Tranças

Muito curtas, alongadas, curvadas, pontiagudas. Tranças.

"Siambere, siambere...
Bemberesío yeso, bemberesíosío...
Tu matitisao, tu matitisao
bemberesíosíosío, maremberegúá,
oyayaosío, mabemberegúá..."

Kainene cantarolava enquanto penteava os cabelos, sentada em um pequeno caixote, com as pernas abertas, e enroscada entre os joelhos, como se estivesse escondida, com os olhos fechados e a cara apoiada em uma de suas coxas.

Kainene penteava e penteava incansavelmente. Para ela, era como respirar. Suas mãos iam de uma cabeleira para outra, ajeitando, acomodando, abençoando. E, no entanto, aquela escrava de idade incerta, não tinha cabelo. Por alguma razão, que ninguém sabia, sua cabeça permanecia completamente careca.

Alguns diziam que isso era por causa do susto da travessia no navio, outros diziam que era porque ela viu morrer muita gente. Mas a verdade era que sua cabeça brilhava ao sol como outro sol diminuto e negro.

Todos se lembravam bem dela. Sorrindo e cantando ao mesmo tempo, enquanto penteava os pequenos. Os dedos compridos e tortos, deformados de tanto lavar as roupas dos brancos, mas, ao pentear Candelária, Nicolazinha e as outras pretinhas do Abrigo do Engenho, se endireitavam e se alongavam, tornando-se ágeis como colibris.

Com os dedos trançava caminhos, veredas, rotas de fuga, mapas das florestas e rios, trilhas secretas para a liberdade... Também fazia figuras estranhas, metade animal, metade pessoa. Às vezes, ela colocava caracóis no cabelo, ou sementes com buracos que pareciam entradas de cavernas ou redemoinhos. Seus dedos pareciam entrar e sair das cabeças.

Mas Kainene também era lembrada por algo que aconteceu. Algo que fez muitas pessoas da Senzala rirem por dias a fio. Foi durante os festejos de Natal dos brancos. Naquela época, muitas velas eram acesas, e se rezava de manhã até de noite. Convidavam pessoas dos povoados vizinhos e senhores de outros Engenhos. E havia crianças brancas, brincando, correndo, gritando ou chorando quando queriam alguma coisa. Os escravos que as acompanhavam não aguentavam. E os brancos não podiam rezar as missas em paz.

Em pleno dezembro, estava terrivelmente quente e todos ficaram de mau humor. A água de flores de Jamaica que tradicionalmente se bebia naqueles dias não bastava, nem a água fresca e escura das moringas, nem os leques, nem os lenços branquíssimos que enxugavam o suor da testa. Sob as anáguas esvoaçantes das sinhás e dos coletes dos senhores, fazia um calor infernal.

Dessa vez, veio um bispo recém-chegado da Espanha, e os brancos do Engenho queriam que tudo fosse perfeito. E foi aí que a sinhá teve a ideia de chamar Kainene para apaziguar um pouco os filhos inquietos dos convidados. Ela, além de pentear o cabelo e cantar, contava histórias engraçadas aos pretinhos. Da Casa-grande, algumas tardes, a sinhá ouvia sua ruminação em meio ao choro dos pretinhos e suas risadas depois de um tempo. A escrava careca devia ter lhes contado alguma coisa, imaginou ela. Então, ele pensou que mandar chamá-la seria uma excelente ideia. Reuniram todas as crianças brancas na salinha de leitura, onde os senhores tomavam café à tarde. Um bando de crianças indisciplinadas, meninas e meninos de todas as idades e tamanhos.

Kainene entrou e, por um momento, o alvoroço foi ainda maior. Todos zombavam de sua cabeça lisa e brilhante como uma jabuticaba. Eles a empurraram, puxaram sua bata; vários até cuspiram nela. As amas de leite que os acompanhavam correriam atrás deles de um lado para o outro sem poder contê-los.

Kainene, talvez surpresa ao ver tantas crianças brancas, louras, morenas, de olhos azuis ou verdes juntas, gritando, chutando feito loucas, ficou sem fala, sem saber o que fazer. Mas então, pouco a pouco, como se acordasse de um sonho, e bem baixinho, começou a cantarolar... "*Siambere, siambere... Bemberesíosío, bemberesíosío...*" e, de uma forma incrível, começou a chegar a calma e o silêncio.

Atrás da porta fechada do salão, a sinhá murmurou um "louvado seja Deus..." e saiu correndo. Ela estava toda manhã e toda tarde circulando entre os convidados, apressando os escravos para servirem as bandejas de doces finos, bolos, água de Jamaica, coquetéis, cafés, vinhos... E, logo, o almoço: guisados, ensopados, sucos de frutas, perus, patos e galinhas...

Ao final da tarde, quase à noite, quando os convidados estavam indo embora, foram buscar os filhos. Solícita, a sinhá acompanhou-os à sala de leitura e escancarou as portas.

Quase caíram de costas. Gritando e com lágrimas nos olhos, ela chamou Kainene pelo "sacrilégio" que havia cometido.

— Demônio dos infernos! — gritou de medo, antes de cair no chão, desmaiada.

A escrava careca não conseguia entender o porquê de a sinhá e os convidados estarem fazendo tanto barulho. Ao seu redor, ouvindo suas contações de histórias e canções, dançando, como qualquer menino na África, estavam todas as crianças brancas, de olhos azuis e verdes, meninas e meninos, de todos os tamanhos, com seus cabelos louros e castanhos presos em tranças finas como caminhos, tranças com miçangas, caracóis e sementes, com mapas e rotas secretas para a liberdade.

Centelha

A Onelio

Pipilho enfiou a cabeça no rio e abriu os olhos. Um pequeno caranguejo rapidamente se escondeu debaixo de uma pedra. A água estava límpida, quieta. Dava para ver o leito verde-escuro abaixo e, nas laterais, pequenos caracóis pregados no musgo, pedras achatadas, cascas de frutas flutuando na correnteza, sementes, galhos, peixes mordiscando a carapaça vazia de uma tartaruga.

Ele prendeu a respiração um pouco mais. Às vezes, sonhava que era um peixe e mergulhava nas profundezas. Gostaria de ser uma enguia feroz, um *manjuarí*,[13] ou talvez outro peixe esperto, escapando de anzóis e redes, sacudindo o rabo na água.

Mas não sabia muito sobre peixes. Pelo menos não tanto quanto Malongo. Aquele escravo que estava agora em algum lugar na floresta, fugitivo, escapulindo às pressas, era o melhor amigo dos animais do Engenho de açúcar.

Quando Pipilho o conheceu, ele carregava um cachorrinho magro em uma cesta. Foi no verão passado, dois meses depois que chegou ao Engenho. E, sempre que cruzava seu caminho, um animal o acompanhava: os mesmos pássaros, bois, preás, lagartos ou cães. Até o pavão da sinhá o seguia pelo jardim e se alimentava de suas mãos.

O menino, com os ouvidos zumbindo debaixo d'água, lembrou-se da tarde em que a nova manada foi trazida: eram três éguas e um potro vigoroso ainda não domado.

13 Espécie de peixe de água doce, encontrado em rios e lagos do oeste de Cuba, mas que também pode ser visto em água salgada.

O sinhozinho se apaixonou pelo cavalo, que realmente era muito bonito. Negro como a madrugada, com patas fortes e ao mesmo tempo finas, crina que pendia do pescoço como o cabelo de uma mulher. Mas também teimoso, relinchante, feroz. Não queria uma sela no lombo ou rédeas na cabeça. Gostava de trotar, livre e rápido. Saltando pelos terrenos do Engenho, com ímpeto, devorando plantas ou frutas em qualquer lugar, tanto no estábulo quanto no campo. As escravas na cozinha, batendo nas panelas, o espantavam para sair de cima das saladas e dos coquetéis preparados para a sinhá, assim como afugentavam os leões e tigres, em suas aldeias. Mais de uma vez, parou sobre duas pernas diante do feitor; e, quando o chicote estalava nas costas de um escravo, relinchava feito louco e dava coices em todos que se aproximavam dele.

Não era um cavalo, mas um demônio, assegurava a sinhá, benzendo-se uma e outra vez.

E isso bastou para o sinhozinho, com um sorriso nos lábios, querer domá-lo.

Aquela luta feroz levou semanas e, sem querer, envolveu todos no Engenho. Os brancos rezavam ao Cristo Redentor para que o potro se rendesse às chicotadas e à determinação de Dom Joselito e acabasse com aquele alvoroço diário de relinchos e gritos.

Os negros apostavam secretamente e riam toda vez que Centelha, como o potro era chamado, empinava e jogava o homem branco de bunda no chão empoeirado. Ninguém se lembra de quanto tempo durou esse desacordo entre o animal e o homem. Dias, semanas...

Até que, em uma manhã, ninguém sabe como o jovem branco, suado e pálido, cheio de arranhões, hematomas e sem os dentes da frente, conseguiu se agarrar à crina de Centelha e apertar seu pescoço com as pernas. Parecia um carrapato gigante embutido no corpo do potro. Rapidamente, colocou as rédeas nele e puxou sua cabeça tão furiosamente que o sangue jorrou de seus lábios. O relincho de dor sacudiu as árvores e se espalhou pelo campo. As patas esbeltas de Centelha tropeçaram lentamente para trás e, por um instante, parecia que iria desmaiar.

Mas ele não fez isso. Ao contrário. Era como tomar um impulso e depois galopar em um ataque feroz e rebelde. Em pouco tempo, o pátio do *batey*, os estábulos e a estrada que levava aos canaviais foram cobertos por uma espessa nuvem de poeira.

Todos saíram para ver quem venceria aquela disputa atroz. O potro corcoveava de um lugar para outro, chutando forte, jogando a cabeça, deliberadamente batendo o lombo contra galhos e paredes para punir o teimoso cavaleiro. E antes que alguém, preto ou branco, pudesse imaginar, ele se empinou e, com um relincho selvagem, caiu de lado com todo o seu peso, esmagando o jovem cavaleiro.

Houve um silêncio surdo, intenso.

Pipilho ainda ali, no meio da floresta solitária, submerso naquele rio, sentiu. O silêncio de meses atrás era ainda mais denso do que o que agora o cercava, a quilômetros do Engenho.

Sob a água, o menino piscou. Bolhas se moviam em seus cílios. Então, suavemente, elas acariciaram sua testa e explodiram na superfície do rio como pequenas bolhas de sabão. Um grupo de carpas brilhantes passou velozmente por seus olhos. Pipilho piscou novamente e voltou a pensar em Centelha.

Quando o senhor viu como os feitores estavam arrastando seu filho, meio morto, debaixo do cavalo, pegou a espingarda e apontou. Mas Malongo, o escravo amigo dos animais, com os braços levantados, colocou-se entre eles. Não significava muito para o homem branco matá-lo também, mas algo o deteve. Algo...

No Engenho eram conhecidas as artimanhas do escravo para com os animais, talvez por isso o branco não atirou. Centelha já estava de pé, dando coices em qualquer um que se aproximasse, recuando e jogando sua crina furiosamente. Malongo, muito devagar, dando pequenos passos, como numa dança *íreme*[14] de seu povo, chegou perto dele e, com a voz rouca, cantou uma música cheia de grasnados e assobios, enquanto continuava se aproximando, sem parar de mexer os lábios. Quando conseguiu chegar junto do animal, tocou sua cabeça preta brilhante e sussurrou algo como uma reza em seus ouvidos.

Como se obedecesse a uma ordem, o cavalo relinchou com força e galopou pelo caminho que levava à cerca. Em um salto magnífico, ele a atravessou e desapareceu em uma nuvem de folhas secas.

Malongo, desafiador, olhou para o branco. O feitor estalou o chicote, e toda a sua fúria recaiu sobre o amigo dos animais. Após a surra, colocaram seu corpo ensanguentado no tronco, ao sol e sereno, por muitos dias.

14 Dança típica, que se originou no Calabar (Nigéria), e pertence à sociedade secreta *abakuá*, em Cuba

Pipilho nunca o esqueceria. Também não apagaria da sua mente a imagem do sinhozinho, com a perna quebrada, gritando sobre o cavalo morto.

Ali o menino escravo sabia que seus olhos podiam ver muitas coisas. A realidade que vivia e o que ansiava se misturavam repetidamente em sua cabeça e o deixava confuso e vazio. Viu o cavalo pular a cerca e o viu morto no meio do *batey*. Mais tarde, encontrou-o novamente perto das cabanas dos chineses e dos homens assalariados. Correu atrás dele pelas latrinas, pela sala de castigo e pela cozinha, mas Centelha desapareceu como fumaça de café e o menino acreditou firmemente que tinha sido apenas uma alucinação por causa do calor do canavial ou da fome. Então, não pensou mais nele.

No entanto, semanas depois, numa tarde em que o granizo caiu no telhado da Casa-grande, Centelha cruzou seu caminho novamente, relinchando e apoiando-se nas patas traseiras.

Ele teve o maior susto de sua vida. Estava voltando para o quarto onde as roupas eram passadas, carregando a cesta de roupas limpas, e tudo foi ao chão. O potro dava coices pelo jardim da sinhá, saltando de um lado para o outro, jogando-se nas roupas prendidas no varal e nos galhos. A toda velocidade, desceu as escadas do terraço e pulou no senhor que estava descansando na poltrona, alheio a todo o alvoroço da chuva de granizo. Depois que a chuva de gelo parou, continuou fazendo suas coisas; e Pipilho, morrendo de rir, o perseguiu pelos cantos e esconderijos: entraram na dispensa de comida e de açúcar, correram pelos casebres, pelo canavial, pela sala onde eram guardadosos grilhões e as armadilhas. Mas, logo em seguida, e sem avisar, sumiu no canto da Senzala, onde colocavam as panelas de comida.

A princípio, as aparições deixaram o menino trêmulo, sem fôlego. Mais tarde, com o passar do tempo, compreendeu que o cavalo era apenas uma sombra irreal que não lhe faria mal.

Via-o, acariciava seu lombo ou a crina de nuvens e continuava em direção ao canavial, para levar água aos escravos que trabalhavam desde o amanhecer sob o sol e o chicote dos feitores.

Além da cerca de pedra rústica que cercava o cemitério de escravos, cavaram um buraco profundo para enterrar o corpo de Centelha. Ele o viu ao fundo, com a crina e os cascos cheios de terra, o peito em silêncio, flácido, e os olhos abertos, cegos pela lã incolor. Aqueles olhos que o menino lembrava como negros, agora pareciam contas sem brilho de um colar antigo. Nada nele era como antes, pensou, mas instantaneamente o horror da visão do potro no buraco se diluiu quando o viu trotando novamente, esquivando-se do marabu e perseguindo borboletas pelas trilhas.

Sentiu que novas bolhas saíam de seu nariz, ficou sem ar. Levantou a cabeça e a água correu de seu cabelo até o peito. Lentamente, voltou para o Engenho. Ao seu lado, a sombra invisível de um cavalo o acompanhava.

Livre

Ele se moveu secretamente, afastando galhos e arbustos do caminho. Estava cada vez mais perto. Podia sentir a umidade das pedras. Rapidamente, avançou agachado na vegetação. Deveria tomar cuidado. Se os brancos estivessem lá, poderiam vê-lo.

Ele tinha que avançar contra o vento, abaixando a cabeça, escolhendo onde colocar o pé e, acima de tudo, afastando-se de estradas e rios. Eram perigosos.

— Onde há rio, pode haver branco — avisou-o João Hilário, que havia escapado outras vezes.

Mas ele estava com sede. Muita. Ele precisava beber apenas um gole. Refrescar seu rosto, os pés. Deteve-se. Estava exausto, atordoado pelo calor e pela fome. Um pouco de água lhe faria bem.

Rastejou no chão e levantou a cabeça. Cerca de dez metros à frente, estava o rio. Verde e brilhante debaixo do sol. De onde estava, não conseguia ver a superfície da água. Vinha de algum lugar e se perdia em outro, além das pedras. Como ele presumiu antes, não era muito grande. Mas isso não importava mais. Afinal, poderia beber, molhar a cabeça e os pés feridos.

Não havia ninguém. Nem brancos, nem cavalos ou cães. Deu um suspiro de alívio. Levantou-se lentamente e deu um passo. Seu pé afundou na terra macia e úmida. Ele continuou se movendo, lentamente, até chegar ao leito do rio. Ajoelhou-se nas pedras e se inclinou. Então se viu. Seu rosto estava magro e suado, e em seus olhos tinha o medo dos pequenos animais da floresta que fugiam ao menor barulho. Estava sangrando acima da sobrancelha direita, e sua camisa era um trapo rasgado. Seus braços e pernas estavam cobertos de arranhões avermelhados. Suas mãos começaram a tremer quando entraram na água. Ele ansiava por esse momento há muito tempo.

Sentiu a água fria, e muito mais fresca do que aquela que tirava do Engenho. Molhou os braços, o rosto. Fez uma combuca com as mãos e bebeu. Do lado de fora, sentiu o caminho do líquido pelo seu estômago. Imediatamente se sentiu melhor. Era o primeiro alimento desde a noite anterior. Por medo e pela fuga, não teve tempo de comer. Só tinha provado algumas pinhas meio apodrecidas e nada mais.

Com o alvoroço da revolta, a sacola com os alimentos que o feitor entregava tinha ficado sem cozinhar. A essa altura, a carne-seca, o fubá e as comidas cruas estariam cheias de formigas e bichos.

Enquanto corria, ele nem pensava na fome que viria. O importante era sair do Engenho o mais rápido possível. Advertiram-no para não perder de vista os que estavam à frente e guiavam o bando. João Hilário Mandinga, Jiquí Brícamo, Negro, Casimiro, Coco Carabalí, Boniato e muitos mais...

No entanto, assim que entraram no matagal, ele os perdeu. Também não via as mulheres. Talvez tivessem se perdido na floresta. Ou foram pegas.

Não, disse a si mesmo, se alguma coisa tivesse acontecido, ele já teria ouvido os ladridos frenéticos dos cães. Ou, na pior das hipóteses, tiros.

Olhou para a água. Ali estava ela, como uma mãe, para acalmá-lo e curar suas feridas. Sussurrou e cantou baixinho para ele. Era lindo. Mas não esqueceu que estava fugindo e que todo cuidado era pouco.

Ele mergulhou as mãos no rio e tomou outro gole. Tinha que continuar correndo, longe dos caminhos e dos barrancos. Olhou com desespero para a água radiante. Talvez demorasse muito até que voltasse a bater de frente com outra fonte.

Ali, no meio da montanha solitária, sentiu-se revigorado, descansado. Em paz.

Ele reconheceu o verde da vegetação e tentou escutar por cima do murmúrio do rio. Nada.

Não o seguiam. Começou a andar devagar, depois apertou o passo. Começou a correr no mato, leve, fugitivo, livre. Em sua cabeça, poderosa como a Vida, a visão do quilombo que o esperava.

Obrigada a todos que me sussurram as suas histórias....

FIM

Este livro foi impresso em outubro de 2022,
na Gráfica Assahí, em São Paulo.
O papel de miolo é o pólen bold 90g/m²
e o de capa é o cartão 250g/m².
A família tipográfica utilizada é a ITC Stone Serif.